百年書房

# 『あるき神』に寄せて

天城峠に多かりし竹羣をおもひては

竹 枯 る る ふ る さ と 筍 流 し か な

と詠み　古都に遊びては

春 昼 の 梢 を つ か む 仁 王 の 手

とうそぶく　はるかなる旅に在りては

揚ひばり青のかなたの空知川

妻子をおもつては
除夜の妻他人のごとく振舞へり

子と息を合はせて寝落つ小晦日

ここにひとりの男あり　石寒太その句をあつめて　あるき神といふ
大枯の中の蹠おもふべし　我和していはく

これからがこがらしの世ぞあるき神

達谷山房

題簽　加藤楸邨
型染　川田　幹

句集　あるき神　＊　目次

本書の初版は昭和55年12月に花神社より刊行されました。
著者の傘寿を記念して復刊するに際して、当時は別刷とし
て付録されていた塚本邦雄、清岡卓行、吉村昭各氏の原稿
を本体に収め、筑紫磐井氏の原稿（初出・俳誌「沖」）は
新たに転載しています。
なお、初版にあった明らかな誤りは訂正し、一部異体字は
著者の承諾を得て正字に改めています。

# 句集　あるき神

# I

# 青柚子

青柚子や市路の果てのひとの声

かろき子は月にあづけむ肩車

葛はつと散るむらさきの爺ヶ岳

あかときの土間にごろりと青南瓜

平家落人屋敷

展墓より降りきて葱を洗ひをり

廃船を焼くあかき闇曼珠沙華

ひぐらしの幹に日のある神学校

野にかへり賜ふ祖母へ

死なばなほ重き大地よ曼珠沙華

# 酒倉

酒倉に親しきものや赤のまま

月待つやおきどころなき仏の手

しろがねの鮫反り交す無月かな

野を駈くるなむなむ童子露けしや

牛と牛呼びあふ谿の秋ざくら

丸薬をこぼすや深き霧の中

いつせいに吹かれて海へねこじやらし

烏瓜呵呵と揺れゐるおぼれ谷

# 糸とんぼ

子がわれを離れゆく日の糸とんぼ

くく、、と鳥昇りゆく後の月

大谷寺千手観音像

火串持つ千手が廻る月の前

柚子抛りくれし童顔日の当る

稲架解いて太虚《そら》の色づく隠れ里

晩稲刈る最中も睡り加賀の國

蛇穴に風入り樹《じゅ》魂《こん》よみがへる

# つらつら椿

落ちて実につらつら椿流れけり

墓石を磨いて遠き柿の冷え

身にふれてしばらくけぶる毒茸

群馬県沢渡のこほりに小雨といふ部落あり

一村のしぐれはじまる峠口

婆《ババ》尻をふりふり籾を零しゆく

馬追やばうばう信濃枯れ急ぐ

大枯のをとこの蹠あるき神

蛇踏んでふぐり小さき木曾の秋

刈田来て夜もめぐれる濁り川

市田柿妻に父なく二十年

註「市田柿」は伊那谿産のつるし柿

Ⅱ

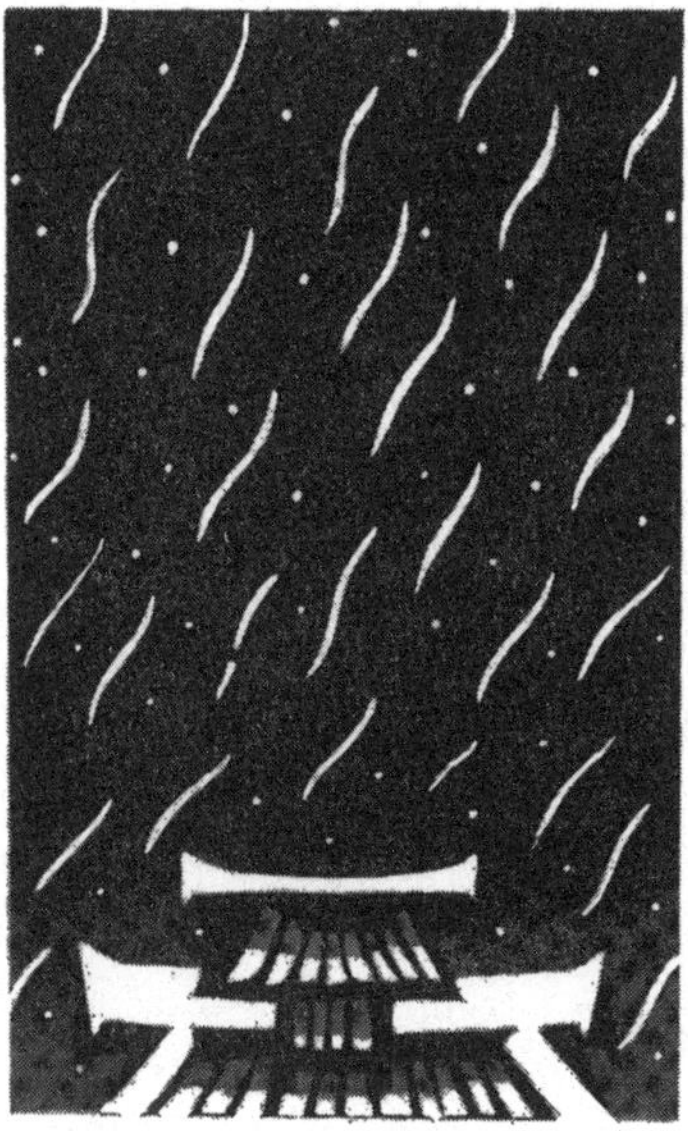

# 雪明り

# 雪明り黄いちめんの餓鬼艸紙

藤沢の遊行寺は一遍の地なれば

上人の雪がもたらす未来かな

陶の沓凍てあをあをと海荒るる

淡雪も金米糖もあをさかな

ひとつ消えふたつ顕はる冬の鳥

青梅の山奥に軍畑といふひと村あり

笹鳴や昼は鉄打つ軍《いくさ》畑《ばた》

涸れ滝の石のそこらに唖の神

木枯をふりむきざまにけもの道

伊那谿

伊那谿やわづかに濡るるきつね道

長女誕生

「伊那」といふ名を呼んでみる霜の朝

寒禽の翔つときあをき女人仏

手袋で拝む虚空蔵菩薩かな

雪原に子のこゑのある淋しさよ

雪の子の一重瞼や陽の色に

降るままに雪降らせをり桐林

迅《じん》々と蕁《いら》草《くさ》を踏み雪こぼす

柏原の一茶の墓に詣づ

南無阿彌陀仏南無の高さに雪の墓

# 野ぼとけ

野ぼとけの泪となるか薄霞

墓域背に呴々と冷えゆく枇杷の花

ふるさとに鷹ひとつゐる野の起伏

美濃の紙漉部落　二句

風花や紙蔵に紙ふきこぼれ

胡桃芽に鳥語あつまる漉部落

# 雪國

素湯《さゆ》呑《の》んで雪國を発つ鳥の数

雪降りの雑木ばかりの父の山

海の眼で鮭吊らるるや店《たな》の奥

子と息を合はせて寝落つ小《こ》晦日《つごもり》

除夜の妻他人のごとく振舞へり

Ⅲ

# 旅はじめ

一期《ご》は夢一会《ゑ》はうつつ旅はじめ

悪《あ》しき日も子の抛《う》つ独楽は薔薇色に

凧の尾のちらりと見ゆる朝の彌撒

# Ⅳ

# 初蝶

初蝶に子を攫はれし山の音

蝶あらく荒くわが子を攫ひゆく

# 良寛のいろは三文字雪解けむ

えごといふ春《しゅん》幹《かん》を挽くたよたよと

花杏冥途の家族《うから》ねむからむ

尿る子の怒る瞳をして豆の花

ふるさとは框《かまち》這ひゆく春蚕かな

山國やとろとろあをき透き蚕ども

塚も動けわが泣く声は秋の風　芭蕉

蜂さわぐ一笑墓のうらおもて

朴咲いてほそ道耿とあらはるる

# 日と月

# 背《せな》の子の瞳に伊那谿の桃ひらく

# 連翹の闇にこそこそ納戸《なんど》神

雁かへる悪路《をろ》王塚の土減る日

日も月もともに在りけり法然忌

川田幹氏より版画をいただく

闇うごくときは蛙の鳴きぶくろ

夢のまた夢に覺めけり櫻鯛

蜂の貌して妻が帰る日暮時

むかし天城峠に竹群多かりしとか聞く

竹枯るるふるさと筍流しかな

註　「筍流し」は筍の生えるころ吹く風

雲巖寺扁額

はすかひに虻が翔ぶ「無常迅速」文字

古都に遊べば、ふと安東次男氏の「仁王の手」の
一文を憶ふ

春昼の梢をつかむ仁王の手

崖たててかすみを流す松の貌

# 花暮れ

花暮れや泰山木の海凪げり

春草やどかと伏したる男根《をとこ》神

茅《つ》ばなはら罠師づきづき沈んだり

春の鳶墓地まで鉛を拓きゆく

春鳶のひろげてみせる日本海

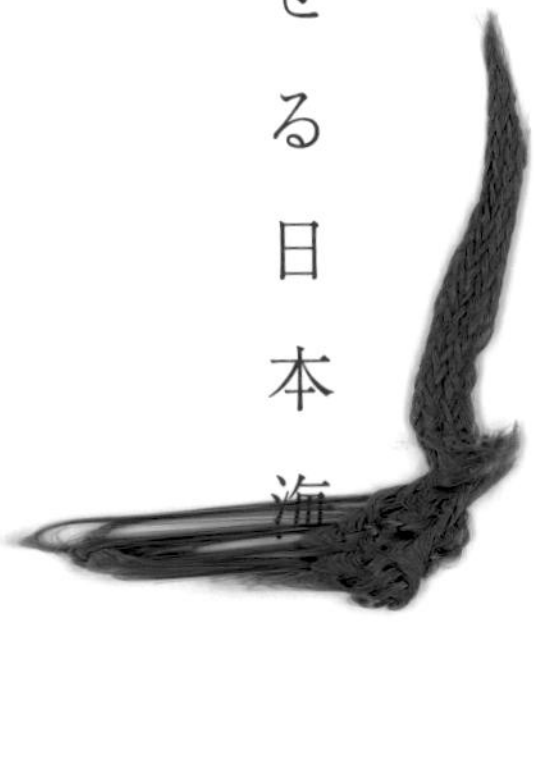

昆布打つて老いても艶を失はず

火に暮れて水の八十八夜かな

かごめかごめなんぞなく暮るる子供の日

アカシアの大地やそこに花の幽

分去れ

カッコーの恍とやみたるわかれ道

註　「分去れ」は北國街道と中仙道の分岐点

# 空知川

揚ひばり青のかなたの空知川

牛とゐて海昏くなる薯《いも》の花

馬鈴薯の花越しに見ゆ胆《い》振《ぶり》岬《さき》

干鳥賊や燭の冥さの神威《かむゐ》岬《さき》

牛の斑《ふ》にひろがる海や桐の花

# V

# 卯の花腐し

庖丁を研げば卯の花腐しかな

海底に松籟を聴く鑑真忌

身のうちよりひとつ葉の鳴りにけり

あかときの虚空の彼方つばめ来る

わが年来の友佐々木伸行君癌に倒る　享年三十二歳　二句

夏帽の縁に小さき名遺せし

思惟仏につづく剃落、半夏生

明日もまた人間嫌ひ螢籠

螢火の寺にあらたな闇育つ

# 火の神

月下美人雄蕊雌蕊も火《ほ》神かな

枇杷食べてたねの出でくる口の形《なり》

白壁にあをじ映れる光琳忌

夏山や石に隠るる石ぼとけ

伊那よ汝に落ちてくれなゐ金亀子

ひぐらしの闇下りてくる一樹かな

赤楝蛇《やまかがし》消えて伊那谿ふかくなり

しゅるしゅるとあがるは伊那の昼花火

流れざる墨のゆくへや光悦忌

火術師となり芥子の花くづしけり

己《し》が影よ火の旗となれ凌霄花

# 月見草

寝墓ふと起してみたし月見草

向日葵に襁褓翳りて島の朝

夏潮に死の話してふたりかな

軍鶏《しやも》の眸に火と水がある日暮かな

簗打ちし音の最中も鮎はしる

# 夕立のしらしらはれて刄物街

妻とゐる死後にぎやかに熱帯魚

猿酒をかかへ祭の尾に蹤けり

# 跋・寒太のために

大岡　信

石寒太が編集者石倉昌治として私の所に現れてから、十年あるいはそれ以上になるかと思う。その頃彼が在籍していた角川書店の『芭蕉の本』という全八巻の芭蕉ならびに俳諧に関するシリーズが、彼の担当だった。彼は私に、そのシリーズのため芭蕉と現代詩の関わりについて書けといってきたのだったと思う。私はそのころから、そういう課題で書くことが何となく億劫になっていて、当初は執筆を断わったという記憶がある。しかし相手が悪かった。石倉という編集者は、平然と人なつこく私のところへやってきて、結局気がついてみたら私はそのかなり長文の原稿を書くことにさせられていた。

私がそんな気をおこすことになった一因は、彼が安東次男さんにかわいがられているらしいことがわかり、安東さんが親しくしている編集者ならという気持を持たされたこともあるが、もう一つ、石倉昌治が私と同郷といっていい伊豆の韮山の出であることがわかったためだった。そういうことで親しみを感じたり感じなかったりするのは、あまり合理的なことではない。しかし人間の関係で大事なもの、それはいろいろ考えられるにしても、合理性なんてものが上位にくることは私には考えられない。石倉という男は、なるほど反射炉の韮山の、その稲田の波の中から出てきたやつだぞ、と私は感じた。この感じは、それ以上にどう説明しようもないが、この時以来彼は一度もその感じを裏切らない。

のんびりしているようで神経は細かい。しかし、仕事の上で常に完璧かというと、必ずしもそうではない。単純きわまるミスを、ポロリという感じで仕出かす。尻抜けをやる。それでこちらがかんかんに腹を立てるという風にならないのが不思議な人徳で、どうやら他にも同じように感じている人が多いらしい。伊豆の風土に育てられた一種茫洋としたのどかなところがある。それが石寒太の句にも出ている。ということは、句にある種の、本当の意味での厳しさが生まれてくるにはまだ少し時間がかかるだろうということでもある。今はまだ何といっても修業中だし、修業に際限があるわけもない。寒太には十分にこれからやることがある。

石倉昌治が加藤楸邨の門に入って俳句を作っているということを知ったのは、右にのべたような事情で知り合ってから、ひょっとして二年も三年もたったころかもしれない。どういうわけか恥かしがって言わなかったらしい。私はそれから「寒雷」の中に石寒太という名を見つけた。お、なかなか面白い句を作ってるな、と思うこともあれば、一句を詠みすえることができず、言わんとする内容をとらえきれずに言葉だけが泳いでいると思われる句を読むこともあった。だれにでもある波の中で、寒太が少しずつ言葉の筋肉を鍛えていくのが見えた。彼の句の美点の一つである人なつかしさの表現に、ある種のひろがりがしだいに加わってゆくのを見るのは、私には嬉しいことだった。しかし寒太に会えば、たいていは冷やかし八分に賞め二分ぐらいの感想を言うことになった。俳人のだれにでもそんなことをやるわけにはいかない。

ある時寒太が私に話したことで、おかしくて忘れられない話がある。たぶんまだ角川書店にいたころのことだろう、彼は加藤楸邨先生のお宅へ、前々から依頼してあった原稿をもらいに行った。冬の寒い日だった。楸邨氏はそのころ青山学院短大に出講していて、当日朝はこれから青山へ出かけるというところだった。遅筆苦筆の楸邨氏は、原稿を書きあげていなかった。寒太の方はもう何度も締切りをのばして、ついに切羽つまった状態になっていたので、そのまま帰るわけにはいかないと、寒太としては珍しいほどの悲愴な決意で達谷山房に踏みとどまった。楸邨氏は腹をたてたらしい。寒太は玄関先でいつまででもお待ちします、と宣言して動かなかった。そう決めればいつまででもそこにいる男である。楸邨氏にもそれを押しのけてまで出てゆく非情さはなかったと見える。負けて、書斎にこもってその文章を書きあげ、寒太に渡した。

私は「石　寒太」という彼の俳号を眺めるとき、あるいはこれは、その寒い朝、石のように太々しく玄関先に坐りこんで動かなかった石倉昌治という男に呆れ、また面白がって、楸邨さんがつけて贈った名ではないのか、と想像することがある。彼の俳号のほんとの由来については私は何も知らないのだが。

『あるき神』という題名はいかにも寒太の句集らしい。多くの小説家と付合いのある編集者という職業上からも、また加藤楸邨の「おくの細道」への旅の随行その他の、やはり編集者としての仕事を兼ねた用件からも、彼はよく日本各地を歩いている。そぞろ歩きをそそのかす神だという歩き神とは、かなりじっこんの仲だろう。私が思い描く石寒太という人物は、東京の新聞社の出版局にはあまり落着いていない。実際はそんなことはなくて、電話をすれば彼はたいていそこにいるようだが、私には寒太は山野をてくてく歩いている姿で想念にのぼることが多い。

それにしても、歩き神というのは、芭蕉のそぞろ神とも同じ神さまらしいが格はあまり高くなさそうだ。

隣の大子《おほいご》がまつる神　頭《かしら》の縮《しじ》け髪《がみ》　ます髪額髪《がみひたひがみ》　指の先なる拙神《てづつがみ》　足の裏なる歩きがみ

『梁塵秘抄』巻二の四句神歌に出てくるこの神が、どうやら日本詩歌作品に最初に姿を現す歩行神《あるきがみ》だろうか。同列に並べられたいくつもの「神」や「髪」の、どれをとって見ても、道祖神にさえ見下されそうな、八百万の神の最末端に列なる方々ばかりである。しかし、われわれの詩歌は、こういう神々に言い知れぬ親しみを寄せることをもって、長い間の心の養いとしてきた。歩き神は、どこの馬の骨とも知れぬ神、足の裏にひったりと身をひそめている神だからこそ、誰にも彼にも親しい神だった。

寒太が句集題名にこの神さんを指名した気持には、それがあろう。それを大事にすべきである。

大枯のをとこの蹠あるき神　寒太

この句は少々意図が露わに見えすぎて、寒太秀逸の句とは言えまいが、第一句集をまとめるに当って覚悟を示した句と私は読んだ。

寒太は自らも一人の歩き神として俳句の山野を渉猟しようとしているが、現実にこの句集をひらいてみると、木曾伊那谿を詠んだ句が多いことに気づく。寒太夫人が伊那の出身で、幼いころに父君を喪っていることもわかる。夫人への愛の深さから、どうやら彼は生まれた女の子に伊那という名を与えたらしいこともわかる。してみれば、伊那谿への彼の呼びかけは、同時に娘への、また妻への呼びかけであろう。

伊那を詠んだ句に秀れた句が多いのはめでたい。

それのみならず、彼の句を読んでいると、子どもたち（たしか男子二人に女子一人だろう）を詠んだ句は、概してよいと感じられる。いい俳人はすべて、肉親の恩愛を捨ててかかるところがありながら、みな肉親についてよい句を作っているように私は観察するが、寒太もそうなるだろうか。そうなってもらいたい。しかし、肉親をべたべた詠うことは堕落であろう。

寒太は加藤楸邨という得がたい師を持つ幸運にめぐり合った。楸邨氏を得がたい師と私がいうのは、この人が少しもいわゆる師匠であろうとしない人だからである。はっきり言えば、この人は弟子を持っているという気持がなさそうだ。もう一つ別の言い方をすれば、この人は彼を慕って集ってくる自分より若い俳人たちから、いつでも貪欲に学びとろうとしている恐い詩人である。いいと思う人がいれば、進んでその人から何かを奪いとろうとして出てゆく。旅についても同じで、おくの細道をいつのまにかシルク・ロードまで延ばしてしまう。つまりここに、一人の歩き神の元祖がいる。後進から学ぼうという心がまえには、たえず苦痛が伴う。出来上った自己の切開手術が必要だからだ。楸邨氏はそれのできる稀れな人である。

石寒太などは、師のそういう気迫を学びとってゆかねばならない。師のあとを追わず、師の求める所を求めようというのは、芭蕉の昔も今も変らぬ、詩人たるものの心がけのはじめであろう。

心やすだてに、寒太に求められるまま跋文をしるした。

最後に、私の目にいかにも寒太の資質が出ていると映る句の若干をかかげておきたい。

展墓より降りきて葱を洗ひをり
野を駈くるなむなむ童子露けしや
丸薬をこぼすや深き霧の中
烏瓜呵呵と揺れゐるおぼれ谷
蛇穴に風入り樹《じゅ》魂《こん》よみがへる
蛇踏んでふぐり小さき木曾の秋

ひとつ消えふたつ顕はる冬の鳥
「伊那」といふ名を呼んでみる霜の朝
野ぼとけの泪となるか薄霰
風花や紙蔵に紙ふきこぼれ
胡桃芽に鳥語あつまる漉部落
子と息を合はせて寝落つ小晦日《こつごもり》
除夜の妻他人のごとく振舞へり
一期《ご》は夢一会《ゑ》はうつつ旅はじめ
凧の尾のちらりと見ゆる朝の彌撒
蝶あらく荒くわが子を攫ひゆく
良寛のいろは三文字雪解けむ
えごといふ春幹《しゅんかん》を挽くたよたよと
尿る子の怒る瞳をして豆の花
ふるさとは框《かまち》這ひゆく春蚕かな
蜂さわぐ一笑墓のうらおもて

背《せな》の子の瞳に伊那谿の桃ひらく
連翹の闇にこそこそ納戸《なんど》神
竹枯るるふるさと筍流しかな
春昼の梢をつかむ仁王の手
春の鳶墓地まで谿を拓きゆく
かごめかごめなんぞなく暮るる子供の日
火術師《し》となり芥子の花くづしけり
己が影よ火の旗となれ凌霄花

（詩人・評論家）

# あとがき

はじめての句集である。しばらく前までは、「文台引下せば即反古也」（『三冊子』「赤雙子」）といっている芭蕉のように、俳句は作る態度が肝心、結果としての作品は反古紙であると思ってきた。しかし、途中で少し気持が変わった。今までの俳句の中で、残り得るものがあれば纏めてみたくなったのである。

相談にのってくれた安東次男氏が、篋底の七〇〇句近い反古紙の中から、ものになりそうな一五〇句ほどを拾って、配列を整えてくれた。

私の今日があるのは、すべて加藤楸邨先生のお陰である。先生には、この句集のために「序句」を寄せていただき、また、美しい題簽まで賜った。ご教示のごとく、これからの私は、本当のこがらしを蹠に感じたいと思っている。

長年教えをうけてきた大岡信氏が、『あるき神』の餞に心温まる「跋」を添え、励ましてくれた。

さらに、「栞」には、塚本邦雄、清岡卓行、吉村昭氏が、それぞれの立場から、拙い句集に華を飾ってくれた。

すばらしい装幀は、日展特選作家の川田幹氏の手に成る型染である。

出版に関しては、年来の友人、大久保憲一氏がその一切を心よくひきうけてくれた。

また、この句集が成るまで、「寒雷」「石の会」「無門俳句会」「十人会」の仲間に大変お世話になった。

馬子にも衣装という言葉どおり、私の貧しい第一句集『あるき神』は、この大勢の方々のお陰で、その晴れやかな第一歩を踏み出すことができた。まさに夢のような光栄である。ここに、それぞれの人々に対して、心から感謝の意を表したい。

一九八〇年　師走　木枯しの夜に

石　寒　太

# 見えざる光

塚本邦雄

東には女は無きか男巫《をとこみこ》、さればや神の男には憑《つ》く　梁塵秘抄

まことに験《げん》のある巫《ふ》は熊手で掻くほどゐるのに、あらたかな覡《げき》は滅多に現れない。遙かな昔の業平、平安末期の西行、元禄の芭蕉、いづれも稀なる吟遊詩人、実は歴《れつき》とした歩き覡《みこ》、その後は悲しいかな絶えて見ない。あるいは、人は異を称へて、茂吉を見よ、あの国内、国外に遍き足跡を、旅行詠をとにじり寄るかも知れない。幾山河の牧水の、漂泊の半生を指し示して、如何に如何にと迫るだらう。人なべて永遠の旅人、そのあはれを、照り翳りを身を以て知らしめた一人、二人ではあらうが、彼らの誰に神が憑いたか。神が憑く前に、遺憾ながら、一人は「神死にたりといひし人はも」と歌ひ、今一人は「酒」に憑かれて、業半ばにして世を去つた。

一期《ご》は夢一会《ゑ》はうつつ旅はじめ
花杏冥途の家族《うから》ねむからむ
山國やとろとろあをき透き蚕ども

わが「あるき神」、伊豆生れの覡がいつ諸国修行の旅に出たか、私は知らず聞いたこともない。だが、「ただ狂へ」といふ甘美で女女《めめ》しい誘ひには乗らず、むしろ狂つたやうな振をして、他者を夢幻の境に導くことを得意としてゐたのではあるまいか。さすが東《あづま》の男巫《をとこみこ》。

一度《ひとたび》旅に出て、草枕・笹枕・波枕・風枕に身をゆだねた身は、うからやからも他人。恩愛の契り浅からぬ、故郷の妻子を、行方も知らず思ひ置き、彼自身のうちなるくらがりへ、彼らには不可侵の次元へ、深く、ひたすらに墜ちて行かねばならぬ。聖・奈落から透視する現世を彼は「冥途」と呼ぶ。たとへば、冬苺の紅、脣の端に残して子は母にもたれ、葱の残り香漂ふ指で、母なる人、作者の妻はレースの編針を探る。二人を襲ふ睡魔、とろとろの睡眠の淵、すなはちかりそめの死の深みに引きずりこまれさうになるその一瞬の擬似就眠儀式を、冥途より更に無惨な煉獄から、さし覗かずにはゐられぬ、妻子持てる男巫のあはれ。それを俳諧に転じて、記さねばならぬ業《ごふ》。

透蚕《すいご》、あれもその「うから」の変身、蚕の足は腹の下に隠れてゐるが、計十六本ありと聞く。紀元前一千数百年昔からこの国に居据わつて、愚《おろか》な人間の所業を見尽したあの虫は、今も単に眠つてゐるわけではあるまい。彼らの眷族には、当然のことながら、由緒正しく、十二分に面妖なのもゐて、柑橘類に巣食ふ一族は、七世紀の半ばに、富士川の沿岸で常世神《とこよがみ》に祀り上げられたのだから、まして桑を常食とする蚕が、霊験を持たぬはずがない。それかあらぬか蚕神とて、稲荷大明神を詐称する輩あり、あるいは、馬明菩薩と名《な》告《の》つて、実は馬の皮をかむつた馬頭女も、世の人の尊崇を集めたらしい。いづれ、皆、東の男巫の輩下に在つて、人の心を惑はす。私は山国ならぬ山城の国、それも男巫の姿も今は見るよしもない京の街中で、市バスの嵐山行に乗る。「庚申前《かうしんまへ》」と「太秦東口《うづまさひがしぐち》」の間の「蚕《かひこ》の社《やしろ》」の前では、そのかみ、この怖ろしい停留所名に愕然として、「西大路蛸薬師」から兆してゐたまどろみから醒め、ここ過ぎて悲しみの嵯峨へと観じ、ふたたび、とろとろと蒼の中世へ、転寝《うたたね》の中なる常世へ旅したものだつた。

私が作者のしたたかな句に、初めて出会つたのは、既に六年も昔のことである。それは、昭和四十九年、「寒雷」四月、楸邨選の巻頭句、名も本名そのまま発表されてゐたやうに記憶する。ちなみに同じ月、「ホトトギス」巻頭は深川正一郎、「雲母」は有泉七種、いづれも印象的な作を推されてゐたが、殊に「雲母」巻頭の第一句「寒昴地のうるほひを奪ひたり」は、今も私の手控《てびかへ》の中にきらめいてゐる。

馬追やばうばう信濃枯れ急ぐ　石倉昌治
雪昏し覚めては母の紬織り　同
人の死に囁くばかり冬の川　同
春の鳶墓地まで谿を拓きゆく　同

右四句、私は、すべて佳し、さすが楸邨選と満足しつつ、殊に「紬織り」と「冬の川」に、より共感を寄せたことであつた。この二句、『あるき神』には見えない。そして、そのゆゑよしは知らぬ、約《つづ》まるところは、作者がおのれに厳しく、作未だしと見て割愛したか、あるいは愛著のあまりなほ篋底《けふてい》に秘め、他日、別の句集に収録を期してゐるかであらう。蛇足ながら、「紬織り」の句の初五、特に「昏し」の断定に、言ひおほせた感ありとしてこれを反省し、また「冬の川」の中七、それも「ばかり」に同様の憚りを覚えての削除なら、要らざる配慮であらう。読者もためらふほどの、爽やかな逸脱と、華やかな錯誤こそ、第一句集のみの持ち得る、かけがへのない必要悪であつたものを。この禁慾的な文体の持主に、厳選はむしろ、天馬の鬣を無用として刈るのに似た、むごい仕業と言はねばなるまい。地歌《ぢうた》のない百首歌が秀作自家中毒相殺現象を起す例を、古典に詳しい作者は、たとへば秋篠月清集等で、見知つてゐるだらう。

蝶あらく荒くわが子を攫ひゆく　石　寒太
野を駈くるなむなむ童子露けしや　同
金の蝿ひかりと闇を分かちとぶ　同

次に私が注目したのは、まことにゆくりなく手にした「俳句」五十一年の十二月、「新鋭五十人集」中の作品群であつた。「きつね道」と題する十句、作者石寒太は而立過ぎて間もない、壮年の初めのみづみづしい句風を誇示してゐた。なかんづく、私は「なむなむ童子」の、俳句には例外的なアレグロの調べに、一瞬目を奪はれた。花野を露まみれになつて奔る男童《をわらは》一人。男郎花《をとこへし》も地楡《われもかう》も龍胆《りんだう》も踏みしだいて、ひたすら西方を指す、その天真爛漫の眉目は、あたかも悉達多《しつたるた》のやうに端麗だ。

　私のうろ覚えではあるが、駿河・伊豆のあたりでは、仏のことを、「南無南無様《なむなむさま》」と、童《わらべ》言葉で言ひならはしてゐたと思ふ。京・大阪の「まんまんさん」よりは、よほど出典の明らかな、まどかな用語だ。「なむなむ童子」は作者の造語であらうが、この言葉の髣髴させる幻像の、初初しさと鮮やかさは、まさに「露けし」に尽きる。つられて出て来る形容詞でありながら、しかも独創の響きを喪はない。私はこの童子にこそ、不動明王の文を携へて駈ける、制多迦《せいたか》、あるいは矜羯羅《こんがら》を重ねて思ひ浮べる。左手に縛日羅《ばじら》、右手に金剛棒、満面に朱を注いで、宙を駈ける。今一人、心に描く面輪がある。それは奈良の忍辱山《にんにくせん》の円成寺《あんじやうじ》、本堂の奥に安置された「南無仏《なむぶつ》太子立像《たいしりふざう》」だ。あれは十四世紀初頭に作られた。聖徳太子二歳の姿との説あれど、まさか、十二歳くらゐが妥当だ。それはともかく、緋の袴を穿いた半裸像は彩色を施され、肌は乳色に煙り、眉は蒼く秀で、朱唇は緊まり、眦《まなじり》うるむ眼に漆黒の点睛、花野を奔れば、百獣百鳥これに従ふかと思ふやうな抜群の美童像である。

『三冊子』の中の「赤雙子」に、有名な「物見えたる光、いまだ心にきえざる中にいひとむべし」の条がある。瞬時をとらえることが大切であっても、日頃からそれを感得する修練がないと、句は逃げていってしまう。それには、その時々の一句一句を積み重ねてゆくしかない。しくじっても、やっぱりそこに自分が映る句作りをしたい。流行を追って不易を忘れる作句はしたくないと思っている。

この信条《クレド》は、「きつね道」十句に添へられたものだが、謙虚篤実な自戒の弁であらう。「物の見えたる光」とは十人十色に解釈可能な、深くて広く、便利で危険な言葉だ。いかに「見え」るか、いかなる「光」かを感得する詩魂と、「いひとむ」るに十分な言語感覚こそ、まづ第一に必須であらう。『あるき神』に、「なむなむ童子」は過たず採られたが「金の蝿」は捨てられた。この句の「ひかり」は、「物の見えたる光」とは、うらはらのものであつたとの謂《いひ》であらうか、そのやうな光をまた一巻に結集する心算であらうかと、くどいやうだが、私は思ひ惑ふ。初出句群と句集句群との懸隔が、あまりにも甚だしいために、私は、私自身の享受態度と方法が間違つてゐたのかと、不安になる。そのやうな、贅沢で楽しい不安に誘ひ、陥れてくれる句集に、私は初めて出会つた。

なほまたちなみに、この五十人集には、大串章・大石雄介・藤原月彦・鳥海むねき等、日頃注目してゐた俊英が肩を並べ、私には一入興味深い詞華集であつた。流行と言ひ不易と言ふ。それは少くとも、一世紀以上を単位とした批評用語であらう。思へば、六百番歌合当時の、御子左家《みこひだりけ》の新風を、六条家の面面は達磨歌《だるまうた》と譏《そし》り、泡沫のやうに消える流行と見た。尚古派こそ永遠の正風、不易の典型と誇るものがあつた。たしかに「不易」であつた。そして不易のままに滅び、今日、誰一人、彼等の歌を記憶する者はない。貶《おとし》められた新風は、炯眼後鳥羽帝によつて、永遠に記念され、眩しくきらめかしい流行の必然を、現代にまで伝へる。この言葉の重みを熟知する作者ゆゑに、自戒の弁にも深く頷くのだ。

月待つやおきどころなき仏の手

火串持つ千手が廻る月の前
寒禽の翔つときあをき女人仏
手袋で拝む虚空蔵菩薩かな
野ぼとけの泪となるか薄霞
春昼の梢をつかむ仁王の手
思惟仏につづく剝落、半夏生
夏山や石に隠るる石ぼとけ

*

大枯のをとこの蹠あるき神
涸れ滝の石のそこらに啞の神
連翹の闇にこそこそ納戸《なんど》神
春草やどかと伏したる男根《をとこ》神
月下美人雄蕊雌蕊も火《ほ》神かな

さすが、足の裏なる歩き神、みづからの名告《なのり》は勿論のこと、本地垂迹《ほんぢすいじやく》を絵釈《ゑとき》するかに、さまざまの本地仏と垂迹神を紹介してくれる。多分「啞の神」とは「思惟仏」の垂迹であらうし、「男根神」は当然、若草に寝て、あの真冬の水辺で蒼ざめてゐた「女人仏」を思うてゐるのだらう。歩き神とは、ある意味では、千手観音の化身であるかも知れぬ。間違つても手拙神《てづつがみ》にはなるまいから。

女房達の所に追ふべきものあり、およそなるおぐさ神、目もとなるは眠り神、足なるは歩《あり》き神、そろそろ走り、立ち聞き、わんざことことといふこと。

三河鳳来寺の田楽歌の神は更にヴァラエティに富み、欠けてゐるのは襟のもとなる発句神、咽喉《のど》より吐ける揚句神、舌に棲みつく喋り神であらう。作者はこの句集中にただ一句、異教の神を招き寄せて、「爪の尾のちらりと見ゆる朝の彌撒」の句をなしたが、ことによると、イエス・キリストを文殊菩薩の垂迹と見て、いかのぼりは文殊にちなんで黄色《わうじき》に染め、イエスに即して魚の絵を描いた可能性もある。

展墓より降りきて葱を洗ひをり

墓域背に呴々と冷えゆく枇杷の花
蜂さわぐ一笑墓のうらおもて
雁かへる悪路《をろ》王塚の土減る日
寝墓ふと起してみたし月見草

塋城は例の巻頭作品の「春の鳶」を加へれば、この少数精英主義句集では、神・仏に次ぐ頻出素材となるが、それも自然な現象であらう。これに「冥途のうから」や「妻とゐる死後にぎやかに熱帯魚」や「はすかひに虻が翔ぶ『無常迅速』文字」を併せて思へば、作者の老熟した、あまりにも悟入したかの思考に、ふと仏家の出自を聯想することがある。否否、煩悩は更に深く、「物の見えたる光」どころか、「物も見えざる闇」を探ることで精一杯のはずの三十代、私はむしろ、その七転八倒の切実な呻吟を、時には聞かせてほしかつた。

初蝶に子を攫はれし山の音
悪《あ》しき日も子の抛《う》つ独楽は薔薇色に

火に暮れて水の八十八夜かな
軍鶏《しやも》の眸に火と水がある日暮かな
「伊那」といふ名を呼んでみる霜の朝
背《せな》の子の瞳に伊那谿の桃ひらく
伊那よ汝に落ちてくれなゐ金亀子

子・火と水・伊那、この三つの主題が、句集の中に、現れては消え、喪はれては生れる。遁走曲風に主題を約めて対立させるなら、それはつひに火と水のフーガと言ふべきだらう。伊那は他にも、「赤楝蛇《やまかがし》消えて伊那谿ふかくなり」「しゆるしゆるとあがるは伊那の昼花火」が、またかつて、「伊那谿やどこか濡れゐるきつね道」「伊那谿の水の葬列雪・氷・あられ」を数へ、作者の、この地によせるただならぬ愛著が、仔細を弁へぬ私にも、ひしひしと伝はつて来る。思ふに、夙に、たとへば、この地を記念しての句集『伊那』が生れてゐてもよかつたのではあるまいか。「初蝶」の句は、「蝶あらく荒く」と見事なアンサンブルをなすのだらうが、この二句にも、おのづから静と動、水と火のさりげない、あるいは無意識の対比を見る。

子を攫《さら》ふのはいかなる力か。男巫の裏を掻くのは傀儡《くぐつ》のたぐひか。いつの日か、攫はれた子を思ひ、「巫《かうなぎ》してこそ歩《あり》くなれ」と歎くことであらう。

人も知る謡曲四番目物「木賊《とくさ》」は、攫はれたわが子を瞼に、木賊を刈り暮す悲しい父の物語。その子松若にめぐりあふまでの歎きは、「〽散るや霰のたまたまも、こころの乱《みだれ》しるならば、胸なる月は曇らじ」と、涙の乾く日もなかつた。その舞台がこれまた、信濃の国、下伊那の郡。詳しく言へば智里村の字が薗原《そのはら》。中山道は落合の駅から岐《わか》れて、天龍川の谿に出る山道の、神坂峠の東麓。あの遠目にはさだかに見えつつ、近づけば消える帚木《ははきぎ》も、同じ地のもの。「薗原や伏屋《ふせや》に生ふる帚木のありとは見えて逢はぬ君かな」と坂上是則が歌つた歌枕。

子を攫はれる二つの句の彼方にも、紛れもなく「伊那」は顕《た》つ。この暗合を万一にも、作者の気づかぬはずはない。知らずして、「山の音」なる座五の浮ぶえにしはあるまい。薗原村の、伊那の山の音が、行方不明のいとし子の彼方で響くからこそ、作者はその名を呼ぶ。

俳諧は、確に、「物の見えたる光」をいひとめるところに、その秘奥が存した。悲しいかな、現代俳句は、その要諦も、もはや通じない。作者は、「未だ見えざる光」

を、人の見る前に、発止と探りあてねばなるまい。あるき神は、明日から、目の水晶体に宿る神をも伴侶として、赤道への道を歩み続けるのだ。

（歌人）

# 幼い子の姿に感動

清岡卓行

文学者の実際の人柄とその作品という組合せは、ほとんどの場合、かなりの時間が経てば自然なものに感じてしまうが、はじめのうちはおやっとふしぎに感じることもある。俳名石寒太の作品と本名石倉昌治の実際の人柄という組合せは、私にとってすぐには馴染めないものであった。

というのは、最初しばらくのうちは、毎日新聞社の若くて優秀な編集者石倉昌治だけを、私は知っていたからである。そして、石寒太の俳句を知るようになってからも、その数はきわめて少なかったからである。これは俳壇に縁のない私としていたしかたのないところだろう。

もっとも、そのために、たまに眼にする石寒太の俳句がたいへん新鮮に思われたということもある。山本健吉や塚本邦雄の文章において、あるいは、石倉昌治の年賀状において、こちらの虚をつくように飛び込んできた石寒太の俳句は、読み手の側の想像力を二重の意味において刺戟するものであった。一つには、広く開かれた暗示的な表現方法によって、もう一つには、作者との結びつきを考えさせるいわば俳人論ふうな関心によって。

一つだけ例をあげてみると、塚本邦雄の『百花遊歴』における「ジギタリス」の章で、つぎのような石寒太の俳句があげられているのを見た。

幸福といふ不幸ありジギタリス

「幸福といふ不幸」はたぶん、「不幸といふ幸福」を対照的に思い描かせるだろう。二つは陽陰の関係で抽象的に人間の真実をつくが、このときジギタリスの花の生態、——数本の花梗のそれぞれについた多くの小さな釣鐘状の花（ふつうは紫紅色）が、下方のものから上方のものへ咲きあがってゆくという生態は、一種のダブル・イメージとして、深く感覚的な暗示力をもつ。私の想像は、いわば芸術的に快く開かれた。他面、石倉昌治の現実の体験とこれはどのように関連するのだろうと、未知のゴシップへの興味も抱かされたのであった。もちろん、この興味は私の側の勝手なものにすぎないが、石寒太と石倉昌治のあいだをうまく繋ぎたいという私の無意識がある以上、当然の心の動きである。
　さて、このような私の状態にたいし、石寒太の処女句集『あるき神』は、渇した人間に差し出されたすばらしい贈物であった。私は俳句について専門家ではないから、おこがましい批判は記せないが、特に、幼い子供が現れる十いくつかの作品に心を惹かれた。

かろき子は月にあづけむ肩車
野を駈くるなむなむ童子露けしや
子がわれを離れゆく日の糸とんぼ
柚子抛りくれし童顔日の当る
「伊那」といふ名を呼んでみる霜の朝
雪原に子のこゑのある淋しさよ
雪の子の一重瞼や陽の色に

子と息を合はせて寝落つ小晦日《こつごもり》
悪《あ》しき日も子の抛《う》つ独楽は薔薇色に
初蝶に子を攫はれし山の音
蝶あらく荒くわが子を攫ひゆく
尿る子の怒る瞳をして豆の花
背《せな》の子の瞳に伊那谿の桃ひらく
かごめかごめなんぞなく暮るる子供の日

こんなふうにまとめて並べてみると、いっそう明瞭になると思われるが、石寒太は持続的な情熱をもって幼い子を描いている。そしてそこには、深い慈みだけではなく、親と幼い子の関係の透明な認識、幼さというものへの客観的で審美的な讃嘆、あるいは、愛と認識のはざまに自然に湧く諧謔、そういったものが示されている。表現における第一の特徴は、すでに述べたところの広く開かれた暗示性であり、それがきわめて活潑に作用している。方法意識が無意識のものになってしまうほど、それがうまく生きていると言ってもいいだろう。

俳句の世界に、幼い子を描いたどのような連作があるのか、詳しいことはなにも知らない。しかし、石寒太が幼い子を描くこのような連作は、きわめて貴重なものではないかと思われる。とにかく、現代俳句にめったに感動することがない私の心を捉え、そして酔わせたのであった。私自身が現代詩で幼い子を題材とする連作をしているということも、あるいはここにかかわっているかもしれないが、それならば別に、共通の立場からする支持がある。

私は、自宅にいる石倉昌治と電話で何回も話したことがある。ときに電話の向こうで、幼い子の話し声、笑い声、泣き声がした。そうした声の記憶が、私の頭に今ありありと甦ってくる。石寒太の作品と石倉昌治の実際の人柄が、きわめて好ましい形で、一つの結び目をつくるのである。

（詩人・作家）

# 俳句はともかく

吉村　昭

人は見かけによらぬもの、という言葉があるが、私にとって石倉昌治さんの場合がそれにあてはまる。

私が毎日新聞社発行の「毎日ライフ」に随筆を連載し、それが終った頃、石倉さんが浜田琉司出版部長と拙宅に来た。随筆集の出版打合わせのためであった。かれとは初対面であったが、浜田部長が石倉さんを私の出版担当者として紹介した時、正直のところ心もとない感じがした。

年齢も二十そこそこで、少年のようなあどけない顔をしている。私の随筆集の内容がすべて病気に関することで自分の手術体験にもふれていることから、私が随筆集の題名を、『ノンちゃん雲にのる』をもじって『昭ちゃん手術台にのる』とでもしますかと冗談に言うと、石倉さんは、「それはいい、それにきめましょう」と、真剣な顔をして言った。

私は、こんな人が担当者では頼りない、と気が重くなった。

それが、人は見かけによらぬものなのである。かれには、その随筆集を手はじめに長篇小説の単行本などを何冊か作ってもらったが、それらの出来栄えは素晴しく、あらためてかれを見直すような気持であった。装幀そのものが独立したものとしても気品があり美しく、しかもそれが本の内容と巧みにとけこんでいる。編集者として、稀な素質をもっている人であることを知った。

そのうちに、他の出版社の出版部員から、石倉さんが秀れた本作りをする編集者として注目されていることをきき、それは当然なことだと思った。

石倉さんとの付き合いは、十年になる。頼りないと思った第一印象は跡かたもなく消え、かれは頼りがいのある編集者になった。

かれは、類い稀なほど人柄の良い人である。怒って顔色を変えたり、大きな声をあげたりしたのを見たことは一度もない。他の人を批判するようなことを口にしたこともなく、常に柔和な表情をしていて、かれと対していると気持が安らぐ。

石倉さんとは、長崎、宇和島、高崎、高山、三陸海岸などさまざまな地に旅行をした。かれとの旅が楽しいからで、それはかれの人柄の良さによるものだ。

編集者としての秀れた素質を十分に知った私は、さらにかれが思いもかけぬ才能の持主であることに気づくようにもなった。

「一億人の昭和史」というシリーズの「昭和詩歌俳句史」を読んでいた時、加藤楸邨氏の部の「雪の記憶――加藤楸邨」という随筆に眼をとめた。筆者は石寒太という俳人であった。

私は、この随筆に感嘆した。若い編集者であった筆者と加藤楸邨氏の人物像が、実にいきいきと描写されている。世にはこのような随筆を書く人もいるのだと、あらためて周囲を見まわすような気持であった。

やがて私は、石寒太が石倉さんの俳号であることを知り、仰天した。秀れた編集者である石倉さんが俳人で、しかもそのような見事な随筆の筆者であることに、私は思わず「人は見かけによらぬものだ」と胸の中でつぶやいた。

石倉さんは、長い間、私や親しい編集者たちに俳人であることを口にしなかった。が、その随筆によって、かれが楸邨氏の門にあることが知れた。

いつの間にか親しい編集者の間から、寒太さんを中心に句会を持とうという話が出るようになり、私もそれに加わるようすすめられた。石倉さんは照れていたが、二年前から年四回定期的に句会がひらかれるようになった。全くの素人である私たちは、その度に駄句を作るのだが、寒太さんは先輩ぶった批評などせず、終始柔和な表情で互いの批評をきいている。そして、私たちが分を忘れて寒太さんの句を酷評しても、「参ったなあ」と言って笑っているだけである。

私は、俳句については、門外漢で、石寒太さんの句の感想を述べる資格はないが、俳句はともかく、私の知る石倉昌治さんの印象を記してみた。

（作家）

# 石寒太論

筑紫磐井

昭和四十九年の俳句年鑑を見ると、今や錚々たる俳壇中堅作家に数えられている鈴木鷹夫、今瀬剛一といった人たちが、「新人展望」という欄につつましくならんでいる。未だ十年に満たない期間で、このように新人と目された人々が有力作家として巣立ってゆくところに「沖」の若さ、興隆が示されているのだろうが、それは何も「沖」に限ったことではなく、内にみなぎった力があればそれなりに外にあふれるものを示さずにおかないということは、すべての俳誌について言えることであろう。この年の「新人展望」には当然多くの結社の新人が登場していたのだが、そのなかでもこんな紹介をうけている若い作家がいた。

石倉昌治（寒雷）

句歴二年足らずの新人、三十歳。

春の鳶墓地まで谿を拓きゆく
ふるさとは框這ひゆく春蚕かな
廃船を焼くあかき闇曼珠沙華

発想が自由で臆するところがない。これは新人というより初歩の人に共通する特長であろう。現在まだ作品の方向が一定していないが、やがて越さなければならない壁に幾度でもとりかこまれる。初心の自由な心を大切にしてたくましい新人に成長して欲しい人だ。

さすがに新人展望といっても三十代そこそこでとりあげられる人はまれであって、この作家も今井薫（雲母）、小野元夫（あざみ）、須藤英進（同）といった同世代の人たちとともに注目された名前であったが、その後再びこの人の名を聞くことはなかった。若い俳人の俳句離れはしばしば聞くところだし、まして結社のちがう俳人については消息をたずねる手づるさえない。淡い失望感とともにこの人の名もいつしか遠い記憶の向うに置きざりにされてきてしまっていた。したがって、寒雷の最年少同人で現在俳壇の若手評論家としてめきめき売り出している石寒太氏がこの人と同一人であると知ったとき正直いって驚きもし、またひどく懐しい思いにもかられたものである。

石寒太という筆名になぜ変えられたのかその理由は知らない。しかし私が氏の俳句にまずなつかしさを感ずるのは、石寒太以前のそんな印象によるかも知れない。もっとも、沖人にとってこの人の名前を知るきっかけは、昨年の沖二十代作家特集の評によるものであろう。恒例として行なわれる二十代、或いは青年作家特集の部外の評者として今まで何人かの人が登場したが、その中で最も若く、かつ厳しい見方をしたのが石寒太氏であった。そこでは二十代作家というものに期待をよせながらも、言葉に流れる俳句、希薄な季語意識というものを指摘して、二十代作家としての甘えを拒否する態度は痛烈なものがあった。こんなところから、あるいはまた楸邨という俳壇屈指の峻厳な指導者の下で育ったということから、その俳句も同様なものと思いこんでしまいがちであった。しかし氏の俳句の世界はそんな偏狭な予測とはうらはらに、心豊かでほのぼのとしたものを示しているのである。とりわけ最近第一句集を上梓され好評であったときくが、そこには精選された句で構成されるゆるぎない独特の世界をえがいてみせてくれている。拙い筆を添えながら、こんな石寒太の句の世界にしばらく踏み入ってみることとしたい。

第一句集『あるき神』という題からもうかがわれるように、石寒太氏の本領は旅の句であるようだ。句集を見ても実によく旅をしている。現実の旅はそれよりなお幾層倍も多いことだろうが、しかし不思議なのは、そこに旅人の目のような通りすぎてゆく目とちがう温かいものがあることであろう。素材を探しての旅、そんなものはどこかいやらしい気がして私は好きでない。が、この作家の旅はそんな自己意識を消し去って、さながらすずろ神に誘われて出で発ってゆくようなさわやかさを感じさせてくれる。

平家落人屋敷

あかときの土間にごろりと青南瓜

群馬県沢渡のこほりに小雨といふ部落あり

一村のしぐれはじまる峠口

美濃の紙漉部落　二句

風花や紙蔵に紙ふきこぼれ

## 胡桃芽に鳥語あつまる漉部落

土間に居すわった南瓜も、紙蔵にあふれる紙も、作者の目は命あるものをながめるのと同じあたたかさでそれを見ている。忙しく、せかせかと俳句の素材をさがして歩きまわっているような人種には見せてくれない村の素顔がそこには浮き出て来る。作者に見えてくる南瓜や紙蔵の紙、それらは自らのはからいによる発見というよりは、たとえば田舎の子供たちが私たちに示す、むずむずとして妙に親しげな表情、そんな顔つきで南瓜や紙が作者の前に顔をあらわし驚かす、といったものと言ってもよいかもしれなかった。

それはたとえば句集の題ともなったあるき神・納戸神・男根神といった神々の姿からも知られよう。これら目に見えぬ神々はいずれも素姓も由緒も正しくない。それでいて嘗ての私たちに最も親しい神たちであった。あるいは野辺におかれた石仏たちにしても、奈良・京都で荘厳な堂宇におさまっている仏たちとは全く違ったものであり、私たちの祖先が共に寝起きし、素朴な態度と心で交わっていた身近な霊の国のものたちであった。

大枯のをとこの蹠あるき神
涸れ滝の石のそこらに啞の神
連翹の闇にこそこそ納戸《なんど》神
春草やどかと伏したる男根《をとこ》神
野ぼとけの泪となるか薄霞
夏山や石に隠るる石ぼとけ

地蔵をころがして遊んでいる子供たちを見つけしかりつけた男の夢枕に立ち、子供たちと楽しく遊んでいたのに何故邪魔したかと叱った地蔵の話、祭られた家のために水甕をもって必死で大事を防いだというオシラ様の話、「遠野物語」や「江差郡昔話」に出て来る世界が彷彿と浮んで来そうである。しかし、この作者の態度として何よりも好感がもてるのは、そうした古い信仰の素地を、滅んでしまったものでなく、今見えるものとして描こうとする点にあるのだろう。都会の知識階級に属する人がこうした古い民俗の世界にふれるとき、知的には興味を示しながら、情的には何の反応も示さないのにひきかえ、この作者の姿勢は明らかに違った。見られるものとしておそらく変わるところのない筈の野ぼとけたちも、作者にはもの語りかけずにはいられなかったのである。

かつて西南の涯、八重山の島々を訪れたとき、この歌と伝説にいろどられた島々で素朴な信仰という、私たちのとうの昔に忘れたものを今なお持っている人々と出会ったおどろきを経験したことがある。石垣、竹富、里島など群れつどう先島の島々には、いまもって神々の御在所御嶽《ミタキ》が島ごとに散在し、荒ぶるオヤケ赤蜂《アカハチ》や、武運拙き仲間満慶山《ナカマミツケヤ》の伝説が生き残り、彼らの墓には供華が絶えない。そこでは、激しかるべき戦火の及ばなかったこれらの島々こそ今もって神々の守りたもう国と信ずることさえ可能であった。しかし、こんな信仰心はひとり八重山の島々だけでなく、かつてはあらゆる村の人々の心にあった筈である。ただ悲しむべきは幾世代の後、私たちの耳目からはそうした神々と語る力が永遠に失われてしまったということであろう。こんななかで作者は不思議の目と耳をもち、なお神に語りかけようとしている。ある評者のいった男巫《をとこみこ》とはこんな作者を言い得て妙である。

しかし、作者がこんな男巫の役割を果たそうとしている一方で、一層ほほえましいのは、姿なき神々から更に目に見える生きものたちへ目を向けるときであろう。

赤棟蛇《やまかがし》消えて伊那谿ふかくなり

蛇と名のついても、まむしや青大将のようないやらしさはなく、不思議に美しい蛇である。しかしそれ以上に、この句の読後、目をつむれば伊那谿のふかさとちらりと見える赤い蛇の尾がまざまざと浮かび上ってくるところに、この伊那谿に棲む生きものに愛情をよせる作者のあたたかい視線が感ぜられるものである。あるいは、

伊那谿やわづかに濡るるきつね道

ここにも作者の愛しき視線がきつねにまで及んでいるのを知ることができる。おそらくここに出てくるきつねたちは狩りたてられ病的なまで敏感で飢えたかおつきをしている山野の狐たちではなく、伊那びとのつたえのなかでともに生きたうからであり、たとえば大和の源九郎狐、松島の新右衛門狐、長篠のおとら狐などと呼ばれたおかしくも奇妙な一族に属するものたちであったろう。そこにはさらに、

烏瓜呵呵と揺れゐるおぼれ谿

のような、手足なくとも笑い声をもってよろこび・かなしみをあらわす生類たちにまで及ぶまなざしとなっているのである。

そして、こうした愛情の対象は、次のような形をとって作者の肉身にふれるものとなったとき、さらに累々とした佳句に結実し、昇華した愛情を示すことともなってくるようだ。

野を駈くるなむなむ童子露けしや

初蝶に子を攫はれし山の音

子と息を合はせて寝落つ小《こ》晦日《つごもり》

悪《あ》しき日も子の抛《う》つ独楽は薔薇色に

尿る子の怒る瞳をして豆の花

野を駈けてくるなむなむ童子がどんなものかうまく言うことはできないけど、この童子のかおつき、身ぶりははっきりと目に映じてくる。なむなむの由来をこの句のある鑑賞者は、地方で仏をいう「なむなむさま」、円成寺南無太子立像にあげているが、しかしなむなむは正に童子の物謂に他ならず、たとい童子仏の素直さを俤にもたせたとしてもなおまわりきらぬ舌で野露にかけぬれる姿と見た方がこの作者の意図にかなっているように思われる。古来神事には多く子供の参加する儀式があり、こどもの言葉をもって吉凶を占うためしがあった。これは人々の幼さを愛し、稚きを尊ぶという風習によるばかりでなく、子供の中にある神の代理性を信じたからであった。大人たちには姿さえ見せぬ諸神諸仏もこどもたちを愛し、彼らばかりには姿をありのままに見せたのである。そのなかにはもちろんあるき神、納戸神、野ぼとけたちのような名もない神々も多くいたはずであった。

こんなふうに見てくると、頻りに旅をし、そこに生きるものに目を向ける作者の原郷のようなものもおのずと浮かび上がってくるような気がする。作者の実生活の周辺にふれるのは俳句鑑賞としていらぬことかもしれない。しかしなお言えば、山ふかい伊豆に生まれたという作者が伊那のひとをめとり、かの地に愛着をよせつつやがて生まれた長女に伊那という名を与えるというのは、少なからず感動的な出会いであった。しかもその感動をうらぎることなく伊那とその名を与えた子への讃歌がつづいてゆく。

伊那谿の水の葬列雪・氷・あられ
背《せな》の子の瞳に伊那谿の桃ひらく
「伊那」といふ名を呼んでみる霜の朝
伊那よ汝に落ちてくれなゐ金亀子

このような伊那という地に落ちこむようにひかれてゆく作者を見るとき、そしてまた山河にすむ鳥獣、神々へのやさしい視線を思うとき、この作者が俳句に求めているものは、畢竟作者の童心にやきついた風景ではなかったかと思いたくなる。現代俳句といっても、それは内部《うち》なる声を打ち消したところに生まれるはずもない。自分自身を培った風土に反発し、吸収され、傷つき、いえてゆくなかでは様々な葛藤が生まれることであろう。しかしそうしてゆくなかでこの作者のたどった道は、このようななつかしさに帰ってゆく道であったのではないか。伊豆の山奥で育ち、麦の緑と菜の花に囲まれた家、農繁期の忙しさから大きなお腹をかかえて畑に立った母の影を思い出すという作者の原意識は、今までふれた作品のすべてにつながっていると見ても何らおかしくはないであろう。

だから牛飼いの家の七人兄弟として「多い時で十頭近くの牛が牛舎に、また野辺に寝そべっていた雄姿がいまはただなつかしい。」と言われる氏の周辺には、都会生活者としての生き方しか知らない私などとははっきり違う一つの山河が匂ってくるようである。山河、正しくそれは山河であろう――自らの世界として生い来たったほろぶことない心の中の山河、この山河に妻と子、鳥獣、ものいう神たちが山野にとりかこまれて生活している、それは言うとすれば幾世代前かの私たちの生活さながらであった。おそらく、春夏秋冬はこともなくめぐり移りゆき、よろこび・哀しみのうちにこの世界に生まれた者たちは波紋さえ残さず消えてゆく。余りに刺激的な生活をおくり、病的な精神をもつ私たちには夢のような生活であるが、しかし、もしかしたなら、現代という名のもとにそうした病んだ心を摘み出すことに得々としている私たちこそ異常なのではないか。

そう思ってみれば、この作者の創る世界にはどこを探しても否定がないことに気づくだろう。否定たるべき死さえも、それは美しい生のいとなみの終焉のいろどりをそえるにすぎない。そしてそこには現状肯定というよりも、さらに積極的な森羅万象の中における生命への共感といった哲学すら感ぜられてくるのである。

山國やとろとろあをき透き蚕ども
稲架解きて太虚《そら》の色づく隠れ里
上人の雪がもたらす未来かな
かごめかごめなんぞなく暮るる子供の日

（俳人・評論家）

# 復刊『あるき神』あとがき

初版本『あるき神』が刊行されて四十三年が経った。その間に新しい俳句仲間たちも増え、第一句集を求めたくてもなかなか入手困難、たとえ手に入ったとしても高価で求めにくいという話が、私のもとにたくさん寄せられてきた。

私も、九月二十三日で満八十歳の傘寿を迎える。そんなこともあり、これを機に『あるき神』を限定三〇〇冊で復刊することになった。本体の装丁はほぼそのまま、初版の栞は本文に組み込み、また、当時書かれた筑紫磐井氏「石寒太論」も新たに加えた。さらに市ノ瀬遙・西川火尖両氏には『あるき神』につける新稿を栞として書き下ろしていただくことにした。

この復刊『あるき神』を、さらに多くの方々に読んでいただきたい。新しい読者の目に触れられて、本当に喜んでいる。内容は若書きで、はずかしい句群でもあるが、再び読者に鑑賞していただけることを大いに期待し、楽しみにしている。

二〇二三年（令和五）年九月二十三日　　石　寒太

**著者略歴**

石 寒太（いし・かんた）
1943年静岡県生まれ。本名、石倉 昌治。
1969年に俳誌「寒雷」に入会し、加藤 楸邨に師事する。一方、超結社で20代作家を糾合し、「無門」（のち「Mumon」）を発刊する。これを発展的に改組し、「心語一如」を掲げて1988年に「炎環」を創刊し主宰する。「俳句 α あるふぁ」（毎日新聞社）創刊・初代編集長。
現在、俳誌「炎環」主宰。毎日文化センター、朝日カルチャーセンター講師、NHK青山・町田俳句教室講師、日本文藝家協会、近世文学会、俳文学会、現代俳句協会理事。

*句集　あるき神《がみ》（復刊）
二〇二三年九月二十三日　発行
著者＝石 寒太
発行＝株式会社百年書房
東京都墨田区緑三－十三－七 日の本ビル七〇一
電話〇三－六六六六－九五九四 https://100shobo.com
印刷所＝日本ハイコム株式会社　製本所＝株式会社松岳社
装丁＝川田 幹（初版）宮崎麻代（復刊版）

ISBN978-4-910489-54-4